弹琵琶的飞天

散花的飞天

弹筝的飞天

击鼓的飞天

背锅的飞天

图书在版编目(CIP)数据

莫高窟 / 李叶蔚著. —北京：北京科学技术出版社，2021.5（2024.6重印）

ISBN 978-7-5714-1529-7

Ⅰ.①莫… Ⅱ.①李… Ⅲ.①敦煌石窟 – 儿童读物 Ⅳ.①K879.21–49

中国版本图书馆CIP数据核字（2021）第071065号

策划编辑：阎泽群	电　话：0086-10-66135495（总编室） 　　　　0086-10-66113227（发行部）
责任编辑：张　芳	
封面设计：沈学成	网　址：www.bkydw.cn
图文制作：天露霖文化	印　刷：北京捷迅佳彩印刷有限公司
责任印制：李　茗	开　本：787 mm × 1092 mm　1/12
出 版 人：曾庆宇	字　数：38千字
出版发行：北京科学技术出版社	印　张：3
社　　址：北京西直门南大街16号	版　次：2021年5月第1版
邮政编码：100035	印　次：2024年6月第5次印刷
ISBN 978-7-5714-1529-7	

定　　价：42.00元

莫高窟

李叶蔚　著

北京科学技术出版社

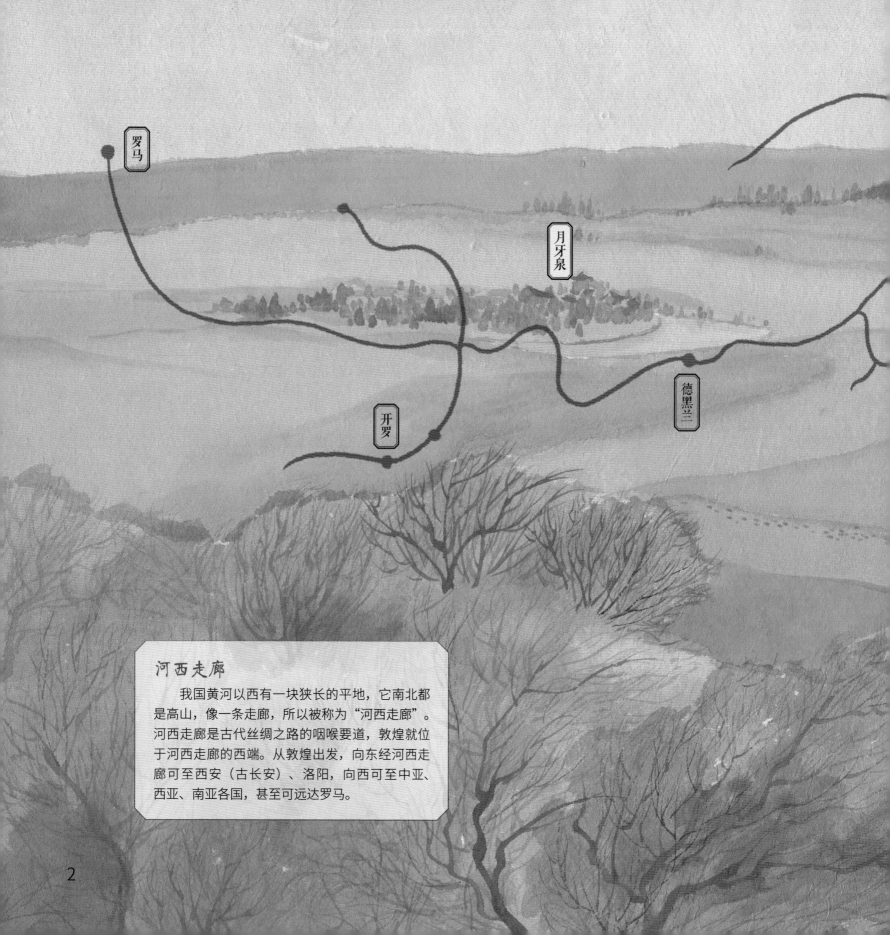

罗马

月牙泉

德黑兰

开罗

河西走廊

我国黄河以西有一块狭长的平地，它南北都是高山，像一条走廊，所以被称为"河西走廊"。河西走廊是古代丝绸之路的咽喉要道，敦煌就位于河西走廊的西端。从敦煌出发，向东经河西走廊可至西安（古长安）、洛阳，向西可至中亚、西亚、南亚各国，甚至可远达罗马。

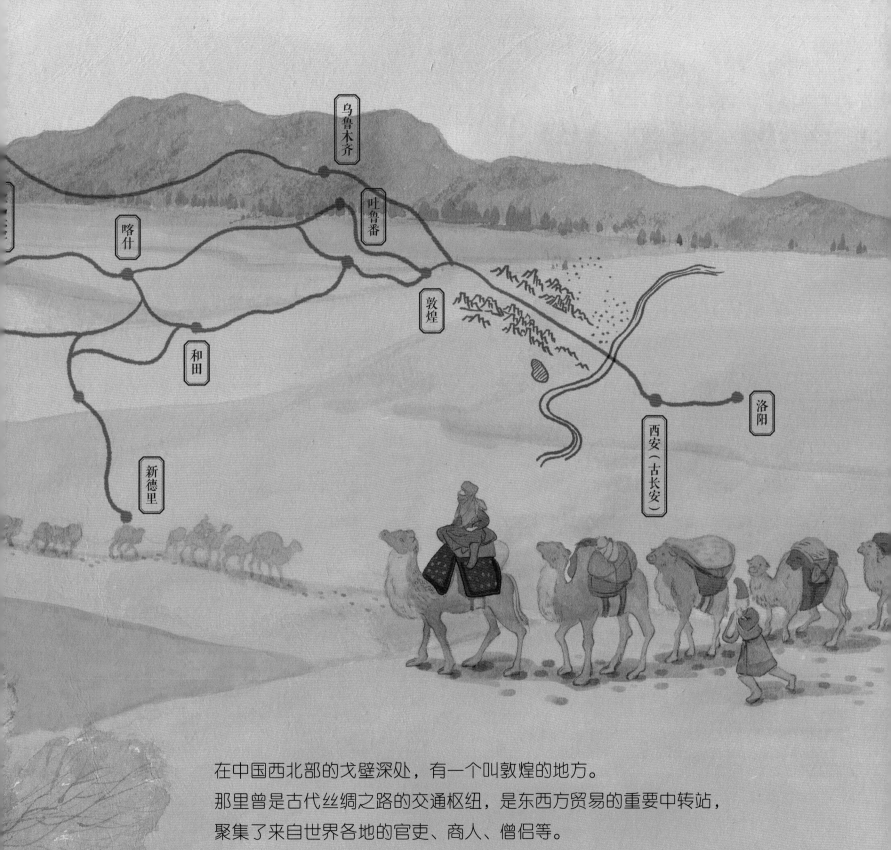

乌鲁木齐

吐鲁番

喀什

敦煌

和田

新德里

西安（古长安）

洛阳

在中国西北部的戈壁深处，有一个叫敦煌的地方。
那里曾是古代丝绸之路的交通枢纽，是东西方贸易的重要中转站，
聚集了来自世界各地的官吏、商人、僧侣等。

公元 366 年，

一位名叫乐僔（zǔn）的僧人云游至敦煌的三危山时，

"忽见金光，状有千佛"。

于是，他决定在正对三危山的鸣沙山的东崖开凿石窟，在此修行。

敦煌莫高窟延续十多个朝代的修建就此开始。

莫高窟的名字由来没有明确记载，

古代文献中常把莫高窟写作"漠高窟"。

莫高窟地处敦煌盆地南边，海拔 1300 多米，

学者由此推测"漠高"是沙漠高处的意思。

乐僔来到敦煌时，
当地尚未形成礼佛的风气，
再加上他凿窟的目的是用来修行，
所以人们推测，
乐僔开凿的是一个空间狭小、
简单无装饰、仅用于坐禅修行的禅窟。

为何这里会出现莫高窟奇迹？
　　莫高窟所处的岩体是由细沙和砾石沉积黏结而成的，适合开凿。此外，这里与敦煌城的距离适中，比较安静，前方是大泉河（古称宕泉河），河畔草木繁茂，很适合修行。

为什么能看到"金光"？
　　敦煌降雨量小、气候干燥，这就使得当地的日照强烈。科学家推测，夕阳照在三危山上，山峰发出了耀眼的光芒，形成了乐僔所看到的景象。

三种主要窟形

中心塔柱式窟

莫高窟早期洞窟的主要形制，多成于北魏时期，之后逐渐减少。

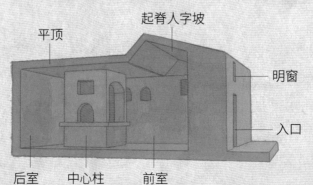

起脊人字坡

平顶

明窗

入口

后室　中心柱　前室

供人们顺时针绕行礼拜。

覆斗式窟

因其顶与倒扣的斗相似而得名。这种结构可以起很好的支撑作用。高耸的窟顶增加了室内空间。

早期敦煌的洞窟并不多，

公元 439 年前后，很多人为了躲避战乱来到了敦煌，

其中包括很多僧侣和工匠。

他们在这里开凿洞窟，礼佛修行。

此后，莫高窟的规模越来越大，洞窟功能也越来越多样，

不仅有禅窟，还有供僧侣生活起居的僧房窟、埋葬逝者的瘗（yì）窟、

储藏粮食等物资的廪（lǐn）窟等，

当然最多的还是用于礼佛传法的礼拜窟。

开凿前，需要确定洞窟在崖面上的位置、形制和规模，

随后凿出甬道，再向里挖掘。

研究者没有发现任何使用火药的记载和痕迹。

可想而知，当年开凿洞窟的过程一定很艰难。

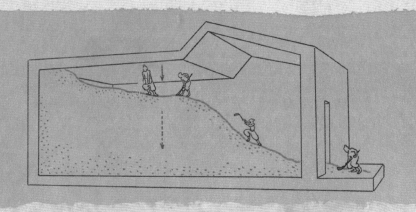

如何开凿洞窟？

　　研究者根据莫高窟的石质和窟形推测，当时的打窟人在凿出甬道后，采用下挖法——先在顶部凿出窟顶的轮廓，再自上而下开凿。这种方法既安全又便于操作：朝下挖省力，便于将沙石从甬道运出；可以用水浸泡下方岩体，使岩体变松软，从而易于开凿。

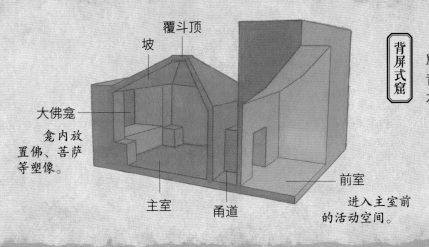

覆斗顶

坡

大佛龛

龛内放置佛、菩萨等塑像。

主室

甬道

前室

进入主室前的活动空间。

背屏式窟

五代、宋时期的代表窟形，因佛坛上的主尊像背靠石壁，故习称这样的石壁为"背屏"。

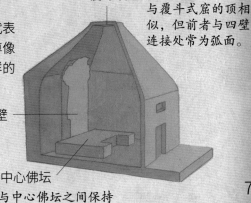

覆斗顶

背屏式窟的顶与覆斗式窟的顶相似，但前者与四壁连接处常为弧面。

石壁

中心佛坛

壁与中心佛坛之间保持一定的距离，形成甬道。

凿好洞窟后，要在其中放置精美的彩塑。
下面是莫高窟第 45 窟的释伽造像一铺。
这些塑像整体保存完好，
也基本保留了盛唐时的原色，
被誉为"莫高窟最美群体彩塑"。
你知道这些彩塑是怎样制作的吗？

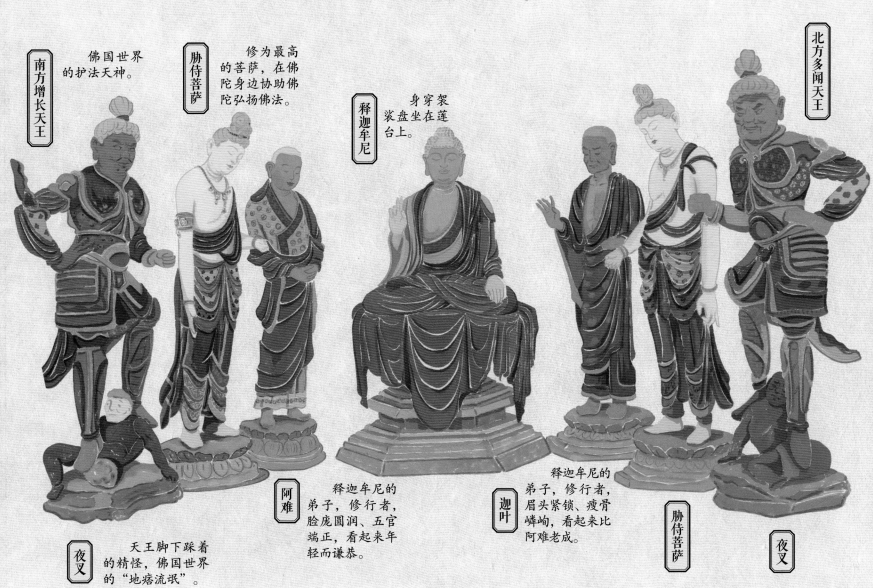

南方增长天王
佛国世界的护法天神。

胁侍菩萨
修为最高的菩萨，在佛陀身边协助佛陀弘扬佛法。

释迦牟尼
身穿袈裟盘坐在莲台上。

北方多闻天王

夜叉
天王脚下踩着的精怪，佛国世界的"地痞流氓"。

阿难
释迦牟尼的弟子，修行者，脸庞圆润、五官端正，看起来年轻而谦恭。

迦叶
释迦牟尼的弟子，修行者，眉头紧锁、瘦骨嶙峋，看起来比阿难老成。

胁侍菩萨

夜叉

小型像的塑像过程

1. 用木料做出塑像的大体结构。

2. 敷一层薄薄的细泥。

3. 在细泥上刻画细节。

莫高窟中的塑像根据大小分为小型像、中型像和巨型像，
根据制作形式分为圆塑、高浮塑、低浮塑、影塑等。
由于莫高窟所处的岩体由细沙和砾石沉积黏结而成，
不能在上面进行精细的雕刻，
所以莫高窟的小型像和中型像一般是先用木料做出大体结构，
再在上面敷泥塑造。

中型像的塑像过程

1. 用木棒、木板、树枝等做出骨架。

2. 在骨架上捆扎麦秸，做出塑像的大体结构。

3. 在麦秸上敷一层粗泥，捏出塑像的具体形状。

4. 敷细泥，塑造五官、衣褶等细节。

莫高窟壁画的绘制通常包括起稿、敷色、描线、题写榜书等步骤。
前期画匠常常用土红色颜料在洞壁上徒手起稿。
后期壁画尺寸越来越大、内容越来越繁复，
画匠就要用其他方法来起稿，比如刺孔起稿。

白粉层

细草泥层

颜料

绚烂多彩的壁画离不开高品质的颜料。莫高窟壁画所用的颜料以矿物颜料为主，这些矿物颜料的原料来自世界各地，有当地的雄黄石，有中原地区的朱砂石，还有阿富汗的青金石……

除了彩塑，莫高窟美轮美奂的壁画也举世闻名。
由于岩壁粗糙不平，所以要先制作地仗，
这就需要泥匠出马了。
首先，泥匠要将掺了麦草的粗草泥摔在岩壁表面，
抹平、锤紧，形成厚厚的粗草泥层。
其次，将大泉河岸边的土和麻纤维等调和成泥，
抹在粗草泥层上，形成细草泥层。
最后，在细草泥层上涂刷薄薄的一层石灰或其他材料，
形成光滑平整的白粉层，以便在上面作画。

粗草泥层

岩壁

敷泥

塑造

插桩 将木桩插入石胎，以使泥敷得更牢固。

北大像

位于第 96 窟，高 34.5 米，是莫高窟第一大、中国第三大坐佛，也是中国第一大室内泥塑大佛。

南大像

位于第 130 窟，高 27 米，是莫高窟第二大坐佛。

第 158 窟涅槃像

睡佛，长 15.8 米，是莫高窟最大的释迦牟尼涅槃像。

泥塑敷彩过程

1. 涂上人物的肤色和服饰的颜色。

2. 根据轮廓起伏的情况，在凹处涂深色，在凸处涂浅色，用阴影打造出人物的立体感。

3. 描出胡须、眉毛、皮肤纹理和衣裙上的图案等细节。

对几米甚至几十米高的巨型像来说，木料很难提供足够的支撑。
所以为了建造巨型像，工匠在开凿洞窟时，会先在洞壁上凿出塑像的大致轮廓——石胎。
随后，塑匠在石胎上插桩，再在表层敷泥以进一步塑造。
用这种方法制作而成的塑像也被称为"石胎泥塑"。

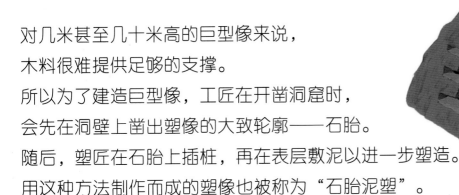

石胎

塑像塑造好后，画匠还需要在上面细细地描画。
这样，一尊尊精美绝伦的彩塑就诞生了。
这种用泥塑彩妆的工艺制作的塑像，被称为"彩塑"。

敷色

描线

供养人画像

供养人是指出资修建洞窟的人，他们的形象往往会被绘制在洞窟壁画中。（左图为第61窟曹氏家族女供养人）

紫外线照射、燃灯礼佛，甚至人类的呼吸都会导致壁画变色乃至褪色。例如，下图中的黑皮肤"小字脸"菩萨的皮肤原本是用铅白和铅丹描绘的肉红色，但因为氧化而变黑了。

莫高窟壁画的绘制通常由团队合作完成，
每个步骤都有详细的分工，
有些壁画甚至需要几年才能完成。

刺孔起稿 先用细针在画稿的轮廓线上扎出小孔，之后将画稿覆在墙上，用装有红色粉末的布包拍打，让粉末透过针孔在墙壁上留下小点。取下画稿后，画匠就可以根据红点的位置勾线了。

弹弦布局 将蘸了墨汁的长线贴着墙壁拉直拉紧，再提起弹下，长线就会在墙壁上留下墨痕。这种方法可以构图布局。

起稿

沥粉贴金 先像挤牙膏一样，将糊状的胶铅粉挤在墙壁上，再用桐油将金箔贴在墙上以达到立体效果。

第 49 窟宝相花藻井

一定不要忘记抬头看看窟顶的天花。

天花是指传统木建筑内遮蔽房梁以上部位的构件，

包括平棋和藻井两种形制。

平棋形似棋盘，是由格子框架与平板组成的平顶结构；

藻井则是像伞一样中间隆起的结构。

莫高窟虽然是石窟，人们却模仿木建筑在窟顶用平棋和藻井的图案装饰。

平棋主要装饰在窟顶中心柱的四周，

藻井则装饰在覆斗顶中央。

另外，中心塔柱式石窟的起脊人字坡上也有装饰图案。

第 428 窟莲花飞天四虎纹平棋

第 428 窟人字坡图案　莲荷忍冬猴鸟纹

17

一种仿建筑纹样，画在窟内四壁上部，绕窟一周，呈现出凹凸的效果，内绘有伎乐飞天。

千佛图案

敦煌早期壁画中的千佛图案，在布局上采用错位排列的方式，整座石窟的墙壁上就像飞舞着一条条彩带，绚烂缤纷。

第 249 窟，建于北魏末西魏初，第一座覆斗式标准窟

佛龛外檐上的尖拱形装饰图案。

龛楣图案

头光图案

身光图案

头光图案和身光图案统称为背光图案，指画在佛龛内佛像身后的装饰图案，这里使用了火焰纹。

双叶忍冬波状连续纹

忍冬纹是一种由多裂叶片组成的植物纹样。

画匠们在窟壁上绘制了各种各样的图案，将原本单调的石窟装饰得绚丽多姿。

19

第 437 窟窟檐，建于宋代

拱眼壁彩画

檐柱

支撑屋檐的柱子。两根相邻檐柱之间的距离叫作开间。

20

柱头铺作

拱眼壁小窗

转角铺作

斗拱在宋代被称为铺作，是中国古代木建筑中用来支撑梁架、挑出屋檐且具有装饰作用的构件。

阑额

檐柱之间的连接件，承托铺作。

柱腰

莫高窟内部有精美的装饰，
一些洞窟外也依岩建造了木窟檐。
这些木窟檐不仅可以起到装饰作用，
还可以防止洞窟内部受到风霜雨雪的侵蚀。
莫高窟现存的 5 座唐宋时期的窟檐，
均为三开间四柱结构，
柱下是木悬臂梁挑出形成的栈道。

栈道

王道士偶然发现莫高窟第 16 窟
甬道北壁后有一个积满文书、绢画
等文物的藏经洞（第 17 窟）。他曾
写信上报，但当时正值八国联军入侵，
清政府自顾不暇，并未重视此事。

法国人伯希和来到敦煌，骗
购 6000 余件精品文物。

伯希和在北京六国饭店公开展
示了一些敦煌珍本，震动了全世界。
随后，在罗振玉等学者的努力下，
清政府下令将藏经洞剩余文书送入
京城保存。

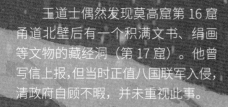

英国人斯坦因来到敦煌，
假称来取经，用 200 两银子
换取了 24 箱文书、5 大箱绢
画和丝织品，数量占了藏经
洞文物总数的 1/5。

1900 年

1907 年 1908 年 1909 年

19

得知消息后，王道士私藏了部分敦
煌文书。运送路上不断有文书遗失、被
窃。文书抵京后，部分官员挑选了一些
据为己有。

宋元以后，海上丝绸之路兴起，中国经济重心南移，
敦煌作为陆上丝绸之路的贸易中心地位不保，
人烟逐渐稀少，日渐荒凉。
16 世纪后，莫高窟逐渐被历史遗忘，
在很长一段时间里都鲜为人知。
直到 1900 年，莫高窟的神秘面纱才被揭开，
但它迎来的却是一次次的掠夺。

日本人大谷光瑞遣人来
到敦煌，骗购佛经数百卷，
掠走两尊塑像，对莫高窟造
成了很严重的破坏。

美国人华尔纳率领的美国
哈佛大学考古调查团破坏性地
剥离了多幅壁画，窃走了一尊
唐代彩塑。

1914 年 1915 年

1924 年

今天，莫高窟中的文物散落
于 10 多个国家。

斯坦因再次来到
敦煌，用 500 两白银
得到了王道士私藏的
570 余卷文书。

俄国人奥登堡带领考察队窃走彩塑、
壁画、绢画等文物 300 余件。

幸运的是，1943 年，常书鸿带领十余名志愿者来到敦煌，敦煌莫高窟的保护与研究工作正式开始了。

修复彩塑

敦煌壁画修复、临摹

常书鸿（1904—1994）

　　画家、敦煌艺术研究家。在法国留学期间，偶然接触到伯希和编辑的画册《敦煌图录》，深受震撼。1943 年他来到敦煌，在生活条件艰苦、经费紧张的情况下，组织石窟修复、壁画临摹、学术研究等工作。他将一生献给了敦煌，被人尊称为"敦煌的守护神"。

随着科学技术的发展，
莫高窟的研究和保护工作也进入了全新阶段。
研究者们对莫高窟进行数字化拍摄，建设数字展馆。
今天，人们打开数字敦煌官网就能漫游莫高窟。

采取脱盐技术修复
对空鼓的壁画进行灌浆加固。

莫高窟综合治沙工程
1600 多年来，风沙一直侵蚀着石窟。人们在窟顶种了 1800 米长的防沙林，布了防沙网，以防沙治沙。

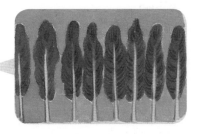

九层楼

　　提起第 96 窟，大家也许有些茫然，但要是提到它的另一个名字——九层楼，想必大家就不陌生了。第 96 窟最初只有四层，晚唐时被改为五层，清光绪年间被改为七层，1928 年修建成了九层。如今，这座气势雄伟的九层建筑是莫高窟的标志性建筑。前文提及的北大像就在九层楼里。

如今的莫高窟保存着北凉、北魏、西魏、北周、隋、唐、五代、
宋、西夏、元等朝代的 735 个洞窟，
45000 平方米壁画，2000 多尊彩塑和 5 座唐宋时期的窟檐。
世界各地的人们纷纷来到这里，
一睹这座历史悠久的艺术宝库的风采。

名词解释

飞天：此处的"天"是人们对神的尊称，飞天就是指佛国世界中飞翔的神，包括供养飞天和伎乐飞天。供养飞天是供养诸佛的飞天，手持璎珞、香炉等；伎乐飞天则是奏乐、歌舞的飞天。

飞天以各种各样的姿态出现在洞窟中，经过各个朝代的衍变和发展，形成了具有中国特色的造型：没有翅膀，却能通过衣裙飘带的动感来呈现飞翔的姿态。飞天是敦煌壁画中的典型艺术形象，是敦煌艺术的标志。

迦陵频伽：佛教中半人半鸟形象的乐神或歌舞之神，又叫妙音鸟。

羽人：中国神话中"千年不死，羽化升仙"的神灵。

佛龛：在窟壁上开凿的空间，用来安置佛像。

斗：古代用来量粮食的器具。

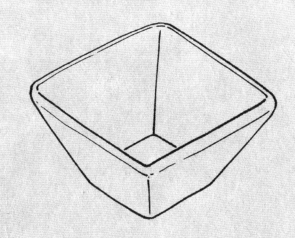

圆塑：在身前、身后、头顶甚至足底都做雕刻，能够从各个方向欣赏的塑像。

高浮塑：背靠墙壁，背面或侧面只进行了简单处理的塑像。

低浮塑：造型较为扁平，浮凸在壁面上，多作为洞窟中的装饰。

影塑：用模具制作的塑像，一般不需要做骨架来支撑，只需要将由泥、细沙和麦秸混合的材料放入模具中即可。常常粘贴在墙面上。

金箔：以黄金为原料，经过提纯、敲打、切箔等多道工序制成的薄片。

榜书：写在壁画旁用来说明所画内容的文字。

藏经洞：莫高窟第 17 窟，里面存放了4~11 世纪初的文献、绢画、纸画、法器等各类文物，有 5 万余件。洞内的文物被誉为"中古时代的百科全书""古代学术的海洋"，与殷墟甲骨文、居延汉简、明清档案并誉为"中国近代古文献的四大发现"。

王道士：本名王圆箓，大约 1897 年来到莫高窟，居住在此，清理沙石、供奉香火。作为藏经洞的发现者，他几次将此事上报官府，甚至写信给慈禧，却没有人重视。后来，他将贩卖文物所得的钱财都用来修缮洞窟，丝毫没有用于享乐。但因自身认识的局限性，未能理解文物的真正价值，他成为文物流出的"帮凶"。后世对王道士的评价褒贬不一，不过，敦煌文物流失不应该归罪于个人，而是时代的悲剧。

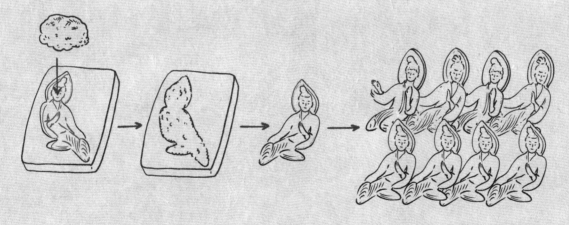

影塑的塑像过程

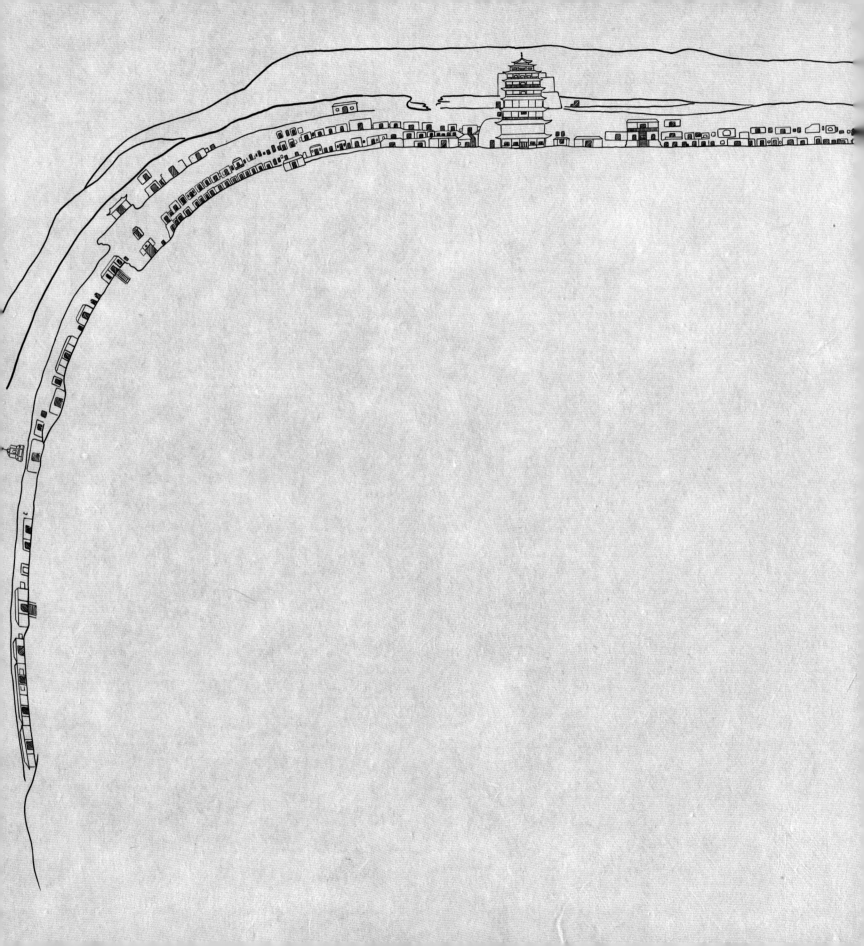